문학과지성 시인선 592

빛과 이름

성기완 시집

문학과지성사

문학과지성사에서 펴낸 성기완의 시집

쇼핑 갔다 오십니까?(1998)
유리 이야기(2003)
당신의 텍스트(2008)

문학과지성 시인선 592
빛과 이름

펴낸날 2023년 10월 27일

지은이 성기완
펴낸이 이광호
주간 이근혜
편집 이주이 김필균 허단 방원경 윤소진 유하은
마케팅 이가은 최지애 허황 남미리 맹정현
제작 강병석
펴낸곳 ㈜문학과지성사
등록번호 제1993-000098호
주소 04034 서울 마포구 잔다리로7길 18(서교동 377-20)
전화 02)338-7224
팩스 02)323-4180(편집) 02)338-7221(영업)
대표메일 moonji@moonji.com
저작권 문의 copyright@moonji.com
홈페이지 www.moonji.com

ⓒ 성기완, 2023. Printed in Seoul, Korea

ISBN 978-89-320-4224-4 03810

문학과지성 시인선 592

빛과 이름

성기완

여는 시

공용 세탁소에서
무릎을 말아 쥔 채
기다리네
빨래가 다 되기를
입을 벌리고 하얀 크림빵을 먹는
어둠을
시를

2023년 가을
성기완

빛과 이름

차례

1.

눈

──20130226화 아버지 돌아가시던 날 오후

눈을 한없이 뜨고

깜박이기는커녕

뜨고 있는데 눈물도 안 흘리고

뜨고 있으나 바라보지도 않고

너무 멀리 보고 있어서

여기에는 관심도 없고

눈을 마주치려는 엄마를 쳐다도 안 보고

보고 있으나 보는 것이 아니고

영원히 영원을 목격한 그 눈은

안개 너머 새 세상에 가 있는

무심히 남겨진 육체의 등잔

손으로 꺼드리니

스르르 감기고

육체는 절대적으로 순응하고

학원에서 아이들 가르치다 소식 듣고

막내가 뒤늦게 달려와 곁에 서자

비로소 아버지 눈가에 미소가 돌고

누런 오후 하늘에 달무리 지고

놓고 가신 님

사랑해요
이 말을 못 한 것은
그러하지 않기 때문이 아니라
너무도 그렇기에
이 말을 하는 순간
당연함 속에 잠자던 그 맘을
부러 흔들어 깨워
고연히 곱씹는 의혹의 눈동자가 불을 켜
자꾸 그 불을 끄기 위해 혀를 놀려
내뱉었다가 자칫
쓸데없이 지껄이는 말이 되어 끝내
사랑이 아무것도 아닌 것이 되어
버려

아니 지껄임만 못하게 될까

두려워

그저 모른 채 맘속에 그 뜻을

고이 간직하여

이제나저제나

아끼고 소중히 어루만져

오직 사랑만을 하기 위함이었는데

이렇게 이별하고 나니 말 한마디

못 한 내 어리석고 미련함이

천추의 한이요

후회막심 통탄할 일이라

놓고 가신 님 뒤안길에

전구가 녹아 흘러 빛이 출렁여

아리랑 아리랑 우는 바람 소리

귀청을 찢고 목청으로 파고들어

곡소리가 절로 나와 부질없이 빌며

문지방 너머 맨발로 뛰쳐나오며

되뇌니이다

사랑해요

사랑했어요
사랑만을 했어요

마중

어서 가자 어서 가자
서천 꽃밧딜로
어서 들어가자
── 제주 민요 「꽃염불 소리」

어찌 알고 나오셨어요
나 건너갈 걸 어찌 알고
문밖에 단정하게 서 계시다니
문 열리자 홀연히 나타나시다니
예전엔 그저 안에 계시더니
편하게 여유 있게 기다리시더니
점점 더 만남이 안타까운 것은
이것이 마지막일 수도 있다는
어쩌면 확실한 예감의 재촉에
그토록 들뜨신 거였겠죠
그래서 그렇게 반가워하셨나요
몸소 마중 나오자 황망히 모시고
안으로 들며 인사 나눴죠
문밖에 당신이 나오셨으니

우리 둘이 단둘이 다정히 만나
마지막 작별 인사를 나눌 수 있었죠
그 짧은 순간을 기억합니다
치명적인 예의 안에 담긴
뜨겁게 타올랐다 꺼진 사랑을
그땐 미처 몰랐어요
초인종 눌러도 당신은 없는
그 집 앞 문 밖
텅 빈 자리에서 깨닫습니다
하나하나
당신의 하나하나
모든 것 하나하나
하나하나가 다
속속들이 사무치게 그리워요

영원
― 웅천석재에서

채칼에 엄지를 베었다
빨간 피의 마침표가
영롱하게 증식한다
아이가 분 풍선이
빵 하고 터진다
당분간 아프겠지
기타에 피가 튄다
왜 이번 인생은 한 번일까
이 시간의 방향은 일방통행
서두르지 말 걸 그랬어
아삭한 살결을 지녔던 아이스크림이
퍼먹던 숟가락 옆에 흥건하다
벌어진 일을 돌이킬 수 없어
숟가락은 말없이 묵상한다
허연 물 자국의 면류관 앞에서

비석에 아버지 이름을 새긴다
매끄러운 돌판에 난 영원한 상처
정 끝에 떨어져 나가는 석편이

뼛조각처럼 뼈아프게
저기 허공의 문을 여는
돌아올 수 없는 여행의
출석을 부른다

헛기침
— 할머니의 절대적 모럴을 기리는 향가

헛기침은 기침이 아니라 기침인 체하는 기척이라
화장실에서는 굳이 구질구질하게 똥 같은 거
누면서 존재를 표하기보다 내가 거기 없지는 않다는
기척으로만 부재의 부정형쯤으로 존재를 알리는 것이
돌아가신 할머니의 절대적 모럴로서 헛기침의 쓰임이
었다
헛기침을 하고 하늘을 보니 구름의 모양에는 피부가
없다
난간에 기대어 파도를 보는데 난간이 바람에 떨며
흩어진다 구름 모양의 난간이었나 보다 안 계셔서
阿耶* 흐느끼는 그 진동이 안 계시진 않다는
그 어렴풋한 헛기침

* 감탄사 '아아'의 이두 표기.

물결

— 오스틴 텍사스 사우스 바이 사우스웨스트*
리버 보트 셔플

지금 이 배를 따라오는 물결의

노래를 듣고 있습니다

지금 이 배를 따라오는 물결이

노래를 듣고 있습니다

넘실대며 하얗게 뒤집힐 때마다

당신의 파안

웃는 치아가 보입니다

바람결에 흔들리는 갈대의 잔상에

모든 곳에

그 어디에도

이 작은 초록 물결에도

가여운 연둣빛 잎사귀에도

죽음이 있습니다

태어나고 자라나 가장 높은 곳에서

구름 위 어지러워 흔들흔들

짙은 안개 속으로 사라지기 직전

하얗게 웃는 그때가 지나면

짧은 순간 아프고 힘들어 눕게 되는

바로 그때 그 고통은 거품이 됩니다

그 수많은 하얀 절정이

시간의 배를 장엄하게 호위합니다

이 작은 초록 물결에도

당신이 계십니다

딱히 이승의 언어로는

없는 것도 아니고 그렇다고

있는 것도 아닌 상태라고만

말해두지요 빤히 보이진 않아도

깃들어 계신 당신

바람 속으로

바람 같아서

사라진다는 건

더는 연연하지 않고

바람이어서

어디에나 있게 되는 것

* SXSW(South by Southwest): 매해 봄 미국 텍사스주 오스틴에서 열
  리는 록 페스티벌.

다시 가보니 흔적도 없네
— 응암동 오 남매 왈츠

목련이 지고 나면
모가지가 답답해지고
봄밤에 우린
다들 살아 있었지
할머니 아버지 할아버지
그리고 엄마와 오 남매
아무렇지도 않게 당연하던
봄밤에 거길
다시 가보니 흔적도 없네
틀림없이 여기쯤인데
다시 가보니 흔적도 없네
작은 집이 있었는데
다시 가네 가보네
예예예 예예예 흔적도 없네

하얀 앵두꽃 지면
빨간 앵두 열리고
그 소식을 알리던 할머니
지금이 딱 앵두꽃 필 땐데

"하얗게 앵두꽃 피었다 나가봐라"
더는 들을 수 없는 목소리
다시 가보니 흔적도 없네
틀림없이 여기쯤인데
작은 개울이 있었는데
다시 가네
가보네
예예예 예예예 흔적도 없네

여름 가고 가을 가고 겨울 가고 봄
여름 가고 가을 가고 겨울 가고 봄

앵두나무 꺾이고
목련나무 뽑히고
살던 집은 헐리고
백련산의 어깨는 찢어지고
1차 2차 3차
기세등등한 응암동 힐스테이트
산의 얼굴을 가리고

거기 어머니 혼자 계셨다
지금은 아래층에 사셔도
다시 가네
가보네
예예예 예예예 흔적도 없네

여름 가고 가을 가고 겨울 가고 봄
여름 가고 가을 가고 겨울 가고 봄

하지만 내가 변한 것에 비하면
다시 가본 그곳은 변한 것이 아닌걸
내가 바뀐 지금을 생각한다면
흔적도 없는 그곳은 정말 그대로인걸

가야지 가야지
이젠 없는 그곳으로
돌아가야지
예예예 예예예 예예예
목덜미 훤히 내놓고

블랙에서의 변주

변명처럼 검은 옷을 걸칩니다
넓은 호수는 밤을 닮아 잠잠
해집니다
해
집니다
마음의 벼랑이 어둠을 붙들고
이를 악뭅니다
혁명은 후유증에 가깝습니다
사라진 것들을 추억합니다
달콤한 편지를 찢어버립니다
등을 돌립니다

나부끼는 깃발을 바라보지 않습니다
죽음을 살아가는 정부가 무정붑니다
예의상 나누던 목례가 그립습니다
아무 말이 없습니다
석양을 맴돌던 붉은 눈동자를 삼킵니다
배 속에 뜨거움이 있을 따름입니다
흔적은 아주 조금씩 사라져

놀랍게도 새살이 됩니다
그때 완벽한 망각을 알게 되는 건
변명처럼 입은 검은 옷 때문입니다

담배 또는 펜이 손에 들려 있었고
— 입관식 예지몽

　아버지는 서예가 일중 김충현 선생의 전시를 보다가 소파에 앉은 채 돌아가셨어 돌아가시기 며칠 전 나는 재미난 꿈을 꾼 줄 알고 메모장에 적어놓기까지 했어 바보 예지몽을 꾼지도 모르는 어리석은 내가 요셉이었다면 꿈을 꾼 다음 날 아버지를 찾아가 그 전시에 가지 말라고 말씀드렸을 것을 먼 차원에서 송신된 시그널이었어 사람의 언어와 그 시그널의 프로토콜이 달라 기껏 의미 미상의 소식을 담기 위해 상징이 태어났지만 상징은 현찰이 아니라네 시인이 하는 일이라고는 그 암호들을 받아 적는 것뿐 시인이 시를 쓸 때 무슨 뜻인지 알고 쓰기나 하나 나는 체념에 빠져 부질없는 자책을 거둬 예정된 죽음을 막을 수는 없나 봐

　처음에는 몰랐다가
　어렴풋이 떠올라요
　어디선가 본 그 장면

　남의 전시를 보는 재미난 꿈
　1층

장난감 비슷한 것들이 모인 소리 설치

여자의 전시였음

넘어지면서 계속 밀치는 장난감

오래된 시계들

오프닝에서 떡메를 침

2층은 아버지의 전시

아빠의 방

유리문이 달린 책꽂이

빨갛고 딱딱하게 칠해진 백팩에 매달린 하얀 우주인

한쪽 벽엔 기영이가 립스틱으로 쓴 낙서

모든 것이 헛것이고 헛것이 진실이다

다른 한쪽 벽엔 발언들

중앙에서 약간 왼쪽에 유화 물감이 빙빙 도는 모습

물감이 똑똑 떨어지면서 나는 소리

천장에서 떨어지는 물방울

다른 쪽 진열대에 젊은 날의 시인이 누워 있다

다가가보니 도자기

배 부분은 산산조각 나 없어짐

무령왕릉 느낌

머리는 올백으로 넘긴 삼십대 후반의 아버지풍

담배 또는 펜이 손에 들려 있었고

곱게 머리 빗은 당신 육신이 누리는 마지막 화려 어여
쁜 수의는 누구를 위해 입으셨나요 빙글빙글 꽃의 향기
가 얼굴을 덮어요 마지막 남은 한 떨기의 꽃이 이승의 문
을 닫아요 눈물의 블러 속에서 당신 얼굴은 수채화처럼
아련해요

몽유세한도

창밖으로 풍경이 보이는데 근사하다 눈 쌓인 산봉우리
가 바로 곁에 있다 나가보니 붉은 기암괴석이 펼쳐진 협
곡이 장관이다 다시 산봉우리를 곁눈질로 쳐다보니 누
더기로 기운 흔적이 있다 누군가가 주정부 또는 시정부
에서 그 산봉우리를 분할해서 분양한다고 귀띔해준다 바
위가 드문드문 있는 기다란 들판에서 때마침 야구 경기
가 펼쳐진다 이만하면 흥행에 성공했다는 반응이다 흑형
들이 하얀 유니폼을 입고 있다 홈런성으로 넘어오는 볼
을 협곡 쪽으로 백하며 잡아낸다 나의 나이스 캐치 그러
나 바위에 부딪혀 넘어져서 고통스럽다 저렇게 바위가
한두 개씩 갑작스럽게 솟으면 위험하지 않을까 내야를
보니 야구장이 매우 긴 직사각형 모양이다 이건 캐치볼
이군 하고 깨닫는 순간 캐치볼이라면 나도 좀 해볼까 싶
다 실내에서 누군가가 아주 작은 연단 그것도 살짝 경사
진 연단처럼 생긴 무대를 작은 휴지로 닦고 있다 나도 아
이들 사이를 지나가며 흥얼거려본다 그럴듯한 닐영풍의
멜로디가 절로 나온다 선배인 나에게 잘 어울리는 멜로
디다 이따금 단조가 섞이는 화성이 멋지다 기타는 없지
만 눈앞에 운지를 하는 손가락과 기타 지판이 보인다 지

금 생각하니 중학교 때쯤 낙원상가에서 시험 삼아 잡아
본 짝퉁 깁슨 느낌의 넥이다 지판 가생이에 하얀 자개 스
트라이프가 박혀 있는 스타일 윗줄 네 개를 검지로 한꺼
번에 짚으며 한 손가락만 높은 음을 따로 짚는 그런 코
드 운지 코러스가 배경에 깔린다 좋은 노래다 싶은데 이
걸 근데 누구랑 부르지 막막하긴 하다 키가 크고 적당히
마른 몸의 형광색 야구 캡을 쓴 어느 보컬리스트가 손가
락 끝이 잘린 장갑을 낀 손으로 담배를 피우고 있다 나도
미국 올 때 담배를 가져올걸 미국이잖아 여긴 누가 뭐래
I know 누군가가 스테이크 두께의 등심을 손으로 늘려
고깃결 사이의 투명 막을 보여준다 막은 자연의 포장지
아닐까 막에 알약을 싸도 되나 그렇게 하면 상하거나 변
질되겠지 공기가 차다 보일러를 좀더 올려야 되나 싶은
새벽이다 6시가 되어가는 컴컴한 시간

2.

곶감 그믐 그 밤

곶감 그믐 그 밤
조금씩 자기 몸을 하얗게 덧칠하여
결국엔 둥그렇게 되려던
당신의 바람이
칠흑 같은 상에 내온 곶감의
허연 땀자국 같은 달콤함으로
나를 맞이합니다

어머님이 만드셨다는 그 음식은
가을이 되어 가을을 보내려면
둥글고 큰 달을 내 살로
그려내며 밤마다 그런 나를
그예 드러내야 한다는 거죠
환하게 웃는 당신
나를 안아줍니다

추억의 밭을 다 매니
고단했는지 오한이 들어
솜이불 속에서

칠흑 같은 밤이 된 당신
자기 몸을 지우개로 살살 지워
죽음 속에 방치되어 갑니다

곶감 그믐 그 밤
별들도 돌아누워
하늘은 텅 빈
약상자가 됩니다

모퉁이 카페 소네트

저 문은 너무 오래 닫혀 있어서 이제는
모퉁이의 그림 같다 그 안에서 서빙을 하던
비슷하게 생긴 두 자매도 코팅된 메뉴판도
그 그림 속에 담긴 채 문은 열리지 않고

마치 처음부터 평면이었다는 듯이 모퉁이 카페는
아직 팔리지도 않고 그렇다고 헐리지도 않고
초인종 소리 때문에 일시적으로 끊긴 대화가
갑자기 전달된 편지 때문에 영원히 그쳐질 때

이제는 녹슬어가는 모퉁이 카페의 열쇠 구멍처럼
더 이상은 그 어떤 강제적인 삽입도 부질없어져
겹겹이 덧칠해져가는 오후 햇살의 작용으로

문틈이 메워지고 창틀은 그저 4B 연필로 겹쳐 그린
소묘가 되어 그렇게 점차 공간과 심지어 통일되어
공간에서의 근무 연한이 풀리면서 그림이 되어간다

돌고래 두 마리

돌고래는 두 마리씩이다
푸른 창공에도
물방울 곁에도
파도를 넘어선

영원한 푸르름

돌고래가 솟구친다
작살 쏘는 햇살을 뚫고
돌고래가 회전한다
두 마리가 하나같이

서로를 향해
서로를 삽입

짜릿한 미끄럼틀
둥글게 휜 두 척추
서로를 녹화한다

마음 06:53 AM

마음은 아주 멀리도 갑니다

안개와 함께

안개처럼 다닙니다

가는 비의 맘을 품고

마음이 그리는 그림은

때로는 방울 때로는 연기 때로는

경이로운 별자리

납작해진 초컬릿

무엇을 그리든

마음의 붓질은 운명이 됩니다

마음의 하얀 종이는

받아들임

잊어버림

그러면서도

놓지 않는 것

놓지 못하는 것

잡지 않는 것

잡지 못하는 것

놔두는 것은

마음의 일

사랑을 미움을 아쉬움을

인형은 놓여진 대로

다리를 늘어뜨리고

사랑은 미움과 체념을 데리고

멀리도 갑니다 아주

오늘 아침엔 먼 안개와

퍼플 계통의 좀더 가까운

아래

더 밑

그리고 전선들의 냉정함

오늘의 여섯 시 오십삼 분은

먼 곳과 가까운 곳을 이어주는

전선과 그것에 의해 갈라진

하늘 땅 청순한 물빛 푸른색과

조금 짙은 흙의 욕망

낯선 도시에서 시를 썼다 1
— 나주별곡

낯선 도시에서 시를 썼다 그러나 낯선 도시에서 시를 쓰는 걸 누구도 알지 못했다 나는 낯선 도시 이외의 곳에 있지 않았고 낯선 도시에 있다고 추정되지도 않았다 낯선 도시에서 시를 쓰는 나는 부재중이었다 낯선 도시에서 나는 자연스러운 척했다 낯선 도시에서는 줄곧 생소함이 유지되었다 낯선 도시의 묵묵부답이 마음에 들었다 낯선 도시에도 커피숍이 있었다 낯선 화장실에서 거울을 보았다 별거 아닌 건 아니었다 낯선 도시의 사람들은 모든 것이 익숙한 듯 천천히 걸었다 낯선 도시는 천년 전에도 있었다 이따금 낯선 사람들이 나를 쳐다봤다 나는 낯선 사람이었다 이 도시가 살아온 시간에 비하면 다들 뜨내기에 지나지 않았다 그때 낯익은 문자가 왔고 그 문자는 씁쓸했다 낯선 주차장에 익숙한 차들이 어지간히 차 있었다 낯선 도시의 일몰은 아름다웠다 낯설게 우뚝 솟은 먼 산이 낯익은 수묵화처럼 검게 변해갔다 낯선 주차장의 차들이 웬만큼 빠지자 낯익은 오렌지빛의 가로등이 켜졌다 낯선 도시의 가로등 밑에서 모기와 함께 시를 썼다 나는 혼자가 아니었다

지는 꽃을 하염없이 보던 너는

바람에 꽃잎이 흩날리는지
내 눈동자가 흔들리는지
잘 모르겠어요
다만 시간이 흐르고
길은 꽃잎들로 자욱해
길을 잃었죠

지는 꽃을 하염없이 보던 너는
지는 꽃을 하염없이 보던 너는

문득 술잔에 붉은 잎이 앉아
내가 어지러운 건지
꽃잎에 취하는 건지
잘 알 수 없어요
다만 잔은 비워지고
길은 물기로 흥건해
길을 잃었죠

지는 꽃을 하염없이 보던 나는

지는 꽃을 하염없이 보던 나는

향기로운 꽃 이파릴 입에 물면
꽃잎에 앉았던 나비 맛이 쓴 건지
내 입속에 꽃잎의 쓴 내가 든 건지
잘 모르겠어요
다만 입술이 마르고
꽃잎은 짓이겨져
피 흘릴 뿐이죠

지는 꽃을 하염없이 보던 너는
지는 꽃을 하염없이 보던 너는

지지난 꿈에 나왔던 지난 꿈의 사람

나는 티켓을 구매했어요 확실해요
지지난 꿈에서 예매했고
지난 꿈에서는 비행기를 타야 했어요
그래서 기다렸죠
지지난 꿈에서 애매했고
지난 꿈에서는 기다리다
사랑하게 되었어요
만나자마자 만나기 전부터
사랑할 줄 알았던 걸요
그래서 내 인생을 다 주었어요
다 주어서인지 티켓이 안 보여요
그것마저 줘버렸나 봐요
그다음부터 난 갈 수 없고
사랑할 수도 없게 되었어요
함께 가자 말할 수 없으니
지난 꿈이 지나가고
지지난 꿈에 나왔던
지난 꿈의 사람과
사랑할 순 없었죠

소나기

무너진다
내게는 없던 너
내 오랜 세월의 공백을 뜻하는 너
없는 시간의 저수지가 신비로운 물로
채워진다
갈라져 뼈아프던 그리움의 살갗에
기름기가 돌고
저수지 주변의 나무들이 한순간에
연녹색의 이파리들을 켠다
그건 아마 별빛이었으리
또한 눈물이었으리

너는 갑자기 왔다
쏟아지는 소나기처럼
그러나 나는 안다
소나기는 언젠가는
하강하기로 맘을 먹는다는 것을
저수지를 헤엄치는 아름다운 물고기들을 바라보며
너는 갑자기 내게 와 소나기를 퍼붓는다

왈칵 눈물을 쏟는다

한 방울 한 방울씩 시작되기를
너는 원했다
마른 먼지를 쓰다듬으며 아주 조금씩
내게 전했다
오색의 주머니에 들어 있는
기억의 방울들을
회색의 기와 위로 떨어지는
무표정의 소식들을

너는 그 영롱한 슬픔의 순간들을
겨우겨우 참으며
두 방울 세 방울 모여든다
흐른다
그것이 유일한 방법
마침내 그 슬픔의 보석들은 너무 많아져
치렁치렁한 백발 흑발 낭자한 머리칼로
나부꼈다 허공의 투명한 욕조 안에서

팽팽하던 활시위가 스스로를 쏘는 순간

그것들은 짜르르 쏟아져

천둥이 치고 나는 무너져

내리었다

심심하게 자란 아이

심심하게 자란 아이가
심심한 복수를 꿈꿔요
애완 비둘기 일천 마리에게
일일이 꼬깔콘을 먹이려고
편의점을 돌며 도둑이 돼요
일생일대의 모험이죠
심심하게 자란 아이는
시시한 시험 따위나 연쇄살인에는
긴장하지 않고
버스 정류장에서 친구를 만날 때
초긴장
벌벌 떨어요

불안의 실로폰이
즉흥으로 연주하는
무한 반복의 고독
심심하게 자란 아이는
그 소리를 듣고 무럭무럭
다마고찌 같은 혼잣말을 키워요

그래도 너무 하셨어요

마음속에 품은 한마디
그래도 너무 하셨어요
모진 게 진실이라지만
진실로 모지시면 어떻게 해요
그렇게 힘도 안 들이고
헛심 빠지게 툭 던지면
하던 짓이 우습고
일삼던 것이 부질없어
어느 날 문득
여동생의 마론 인형을 짓이기며
심심하게 자란 아이는
오랫동안 말을 잊어 돌이 된 입술과
무시무시한 눈매를 지닌
어른이 되어가요

untied 물이 나가네
―파도의 록 스테디

untied

물이 나가네

언타이드

넘실거리며

물이 떠나네

너도 떠나네

tied

어느 맑은 날

tide

물이 차올라

부풀어 올라

터질 듯한 달

우리는 안았네

부둥켜안았어

파도가 거세져

거품이 터지고

어느새

구름은 낮아져
비 되어 흐르네

언타이드
기억은 하니
언타이드
모래밭 꿈속
뜨거운 태양
붉게 익은 술

untied
물이 나가네
언타이드
넘실거리며
물이 떠나네
너도 떠나네

3.

봄

나에게 봄은 노란 에스자의 프린트로 온다

노란 S자는 지워지지 않고 꿈틀댄다

노란 에스자는 달아오르는 속도감이다

노란 에스자는 끈적거린다

노란 에스자는 100미러에 비친

수평이 맞지 않는

두 개의 불빛

공포 또는 불안

추월하려는 두 대의 오토바이

노란 에스짜는 공기를 넘어서려다 재 속에 감광된

더운 입김이다

나에게 봄은 노오란 에스자의 프린트로 온다

그것은 이미 너무 오싹하고 이미 너무

원시적이어서 화석이다

날개

　우리는 점점 더 더욱더 헤어질 수 없는 그런 사람들이
되어갑니다 물 위에 누워 구름을 보나요 아니면 엎드려
이야기하나요 깊은 물에 사는 심해어와

　　당신의 자유
　　아름다워
　　당신의 날개
　　빛이 나요
　　당신의 영원

　차가운 물속에서 물고기들의 말을 귀담아 듣는 당신은
점점 더 자유로운 그런 사람이 되어갑니다 아침 점심 저
녁 전날 아침 점심 저녁 당신은 들떠 있었죠 푸른 파도를
가르고 환상의 섬에 이르면 꿈의 바람이 불어오리라

　　당신의 자유
　　아름다워
　　당신의 날개
　　빛이 나요

당신의 영원
감사합니다

당신이 날
보고 싶게 해서
보고 싶었어요

먼 훗날 우리가 맘 놓고 이야기할 수 있게 될 그때에
당신은 말하겠죠 보고 싶었다고 시간은 가도 상처는 남
아요 물결따라 맴도는 추억을 잊지 않으려 애쓰며 우리
는 얼싸안고 함께 허공을 납니다 높은 곳에 둥지 튼 새처
럼 자유롭게

당신의 자유
아름다워
당신의 날개
빛이 나요
당신의 희생
감사합니다

미안합니다

당신이 날
보고 싶게 해서
보고 싶었어요

우리집고양이녹색눈다이아몬드

—— 떠나간 나비의 모듈러 신시사이저

우리집고양이녹색눈다이아몬드

당신은태어나말을먼저하셨어요

아니면이런노래를먼저하셨어요

우리집고양이녹색눈다이아몬드

소희 찬가

우리 우리 이쁜 소희야

너는 아니

넌 왜 그렇게 되어버린 건지

넌 왜 환희에 차 피어오르는지

왜 넌 굳세고 희망차고 치열한

이글이글 타오르는 눈빛인지

넌 왜 얼음의 절벽에서 뛰어내려

뱃머리를 으스러뜨리고 뱃고동에

전율하며 비로소 항해를 시작했는지

예쁘고 뽀얗고 자랑스러운 소희야

너는 아니

너의 비밀을 나의 비밀을 우리의

비밀을 생명력을 신비를

누군가 너에게 훔쳐다 주어

너는 우리의 횃불이 되어

활활 타오르며 온몸으로 사랑을 불태워

잿더미가 될 때까지 노래하고 또 노래하고

사랑하고 또 사랑하고 날개를 달고

천사가 되어 복숭아를 먹으며 수박의 붉은

속살을 손에 움켜쥐고 단물을 뚝뚝 흘리며

사랑과 평화여 영원하라

절대적으로 영원하여 모든 고통에서 자유로워질 때

너는 아니 소희야

니가 매일같이 보던 드라마처럼 결국은

마지막 회가 되어 배달된 치킨을 먹는 장면에서

끝이 나게 되어 있다

그때가 되면

목캔디 하나 빠드득 깨어 물고

예전에 그랬듯 원 없이 높은 데에 올라가럼

모든 비굴한 것들을 짓밟을 미래가

허공에 서려 있어

풀잎의 초록으로 물든 그곳에

매일같이 기도하고 바라고 다가가

끝내 울부짖으며 환희의 노래 부르며

니가 그토록 씹고 싶었던 풍선껌 속의 단물처럼

사랑과 패배와 평화와 승리를

단숨에 질겅질겅 씹어 삼켜

결국 흩어지는 구름과 코발트빛 향수의

아득한 메아리가 진동하는 가운데

너는 아니

니 아들 태원이는 아니

니가 너무 눈부셔

쳐다볼 수 없을 만큼 눈부셔

모든 꿈을 대신 꾸는 꿈의 대리인으로

미래라는 시간의 담보자로

온몸을 휘감은 아우라와 함께

우리를 용서하고 쓰다듬어주어

마침내 그분 곁에서 황금빛 옷을 입고

사랑을 오직 사랑만을 사랑의 황홀만을

고미사 고미사

고마워요 미안해요 사랑해요

너의 화신인 그 후렴을 반복하며

살아 불태우리라는 걸

너는 아니

과도한 토핑에 도우가 두터운 피자를 좋아하는

지금의

너는 아니

외계인

— 3호선버터플라이 블루스

발사!

우리는 턴테이블을

돌려

달려

이 동네로 이사 왔지

11층관객을열광시키는검은색프라이팬리포트

보고하라

솔져옵러브옵말라잎스팔타쿠스

닥터마틴인더필드과르네리우스

뉴러브를기다려오천년전파라오

퇴색할만큼퇴색해준이파리라오

투데이

내가 나를 짓이겼다

오늘은 왜 그런지

남겨진 것들이 보인다

공연이 시작되자 무대로 불려 올라간

가수가 남긴 라떼는 식어간다
지저분한 대기실 테이블에서
나는 라떼가 되어보기로 한다
열창이 이어진다

기타리스트가 눈을 감는다
통달한 그의 연주는 틀려도 틀리지 않는다
벽 너머로 잔혹한 냄새가 난다
투데이
내가 나를 짓이기며 부른
3호선버터플라이 블루스

아이가연기를바라보네
아이가연기를바라보네
아이가연기를쫓아가네

몸 산책

고막망막진동횡격막출렁무릎연골
관자놀이가슴사타구니칼뼈발바닥
발가락까딱어깨들썩맥박두근두근
트리코나사나말라아사나옆구리꾹
머리밀고겨털치모물사마귀뾰루지
신물콧물침애액정액진물고름각질
콧구멍과똥구멍이귓구멍과입이고
배꼽이눈이고모공이혈관이고혀고
귓구멍을후비다가콧구멍을파다가
두손비비고두피훑고목뒤문지르고
자궁속아기부활수카사나두손합장
손톱깎고용천혈탁탁부처님가부좌
사바아사나우주속먼지죽어서부유
샨티샨티하레크리슈나마스테아멘

아뉴스 데이*
── 화장터에서

우리의 마음은 영원의 시간 속에서 찢김 없이 고왔죠
배냇저고리 같던 그때 무한으로부터 도안된 백옥 같은
얼굴은 무표정했고 신비로움 가득한 생애 첫 시선에 영
근 세상은 뿌연 연기 속 이슬 같았죠 시선을 돌려도 무늬
의 중심에 있는 빛

생각나요
아니
생각조차 나지 않아요

몽홀의 얼굴과 윤곽이 메아리처럼 지나갈 따름 마음
속 낙태 그 자리에 당신은 안 계셨어요 기척조차 없으셨
죠 한 사람이 퇴장해야 다음 사람이 등장하는 뼈아픈 차
례가 가슴에 구멍을 뚫어요 살의 확신이 가져다주는 건
안 계심의 확실성에 비해 불확정적이나마 무엇보다도 자
명한 이 부딪힘과 아울러 천만 번을 의심 없이 섞여도 결
국은 흔적도 없어진다는 것 그 두 가지죠

사랑한다고 말하지 마요

끝내는 뒤집히리라는 걸
당신도 알잖아요

지금 뜻 모를 예감처럼 기다리고 있는 패가 당신 손에
쥔 그거예요 지금은 괴로움이 앞서네요 나중엔 보고 싶
어지겠죠 바다에서 손바닥으로 물을 떠다가 누구를 먹
이겠어요 너무나 막막한 그 넘침이 쓴웃음으로 돌아와
요 이 모든 게 과정의 일부죠 계속해서 과정인 거죠 각성
할게요 사랑도 미움도 기쁨도 슬픔도 결핍과 학대의 뒤
안길에서는 터무니없이 헐값에 거래된다는 충고를 잊지
않을게요 숟가락을 물고 태어난 저마다의 입속에 입맛을
달고 세상에 나와 그 입맛을 위해 시간과 즐거움이 봉사
하고 화릉거리는 불더미 속에 던져지고 난 다음 태양처
럼 눈부시게 승천하는 순백의 뼈들이 부르는 환희의 송
가 들으며 옷자락을 펄럭이는 구름의 흩어짐 앞에 무릎
을 꿇고 묵상합니다

시간의 비탈을
보이지도 않게 활강합니다

빛을 타고 빛의 속도로

* Agnus dei: 천주의 어린 양.

여행

여행의 입구는 노래고
출구는 잠이에요
늘 그렇듯
몇 바퀴
피가 몸을 돌고
올라가게 되어 있는 언덕을 올라가면
화릉거리는 오렌지 화덕으로 통하는
계단이 나와요
잠겨진 문 안쪽으로 들어가려면
이미 안쪽에 있는 수밖에 없죠
초대는 바깥이 아니라
안에서 이루어지니까
아 뭐래 ㅎㅎㅎ
사랑에 빠진 아이들과
즐거운 수다를 나눠요
사랑에 빠진 아이들은
자기들이 파놓은 우물
깊은 곳에 담가놓은
수박들이에요

더 큰 즐거움을 위해

순간적인 즐거움을 거두고

다시 깊이 잠수해요

우물 속으로요

웃음소리가 성탄 트리처럼

군데군데 점멸하다가

무작위로 방아쇠를 당겨요

말랑거리는 젤리 비트

유두 총알이 날아가

기름진 어둠 속에 박혀요

이 자리

이 자리에서 맥주와 노가리를 시키고
마티니를 기다린다
마티니만을
시키고 싶었기 때문에
시카고 그라운드 레벨
어두운 바의 푸른 눈 바텐더가 눈을 깜박일 때
마티니 with green big 올리브 blue 치즈 stuffed in it
과 함께
플레밍은 있다 없다
푸른 곰팡이 프로마쥬 오방 무지개 지방질이
리퀴드의 표면에 경악을 하며 퍼지는 찰나에
그 공백의 시간이 열린다
이 자리에는 여자가 앉았다 갔다
분 냄새 또는 향수 냄새가
어렴풋이 이 자리를 맴돈다
여자는 왔다 갔다
지금은 없다
본 일도 없는 그 여자가 그리워진다
그 여자는 분홍 계통의 옷을 입었다

냄새가 더 이상의 세련된 색깔을

상상할 수 없게 만들 만큼

값싸고 피곤한 실렉션의 결과였다

하얗고 앙증맞은 팔꿈치를

테이블에 기대어 팔꿈치에

어울리지 않는 직선의 자국이

남았을 것이다 특히 테이블 가생이에

숨결이 남아 있다

여자는 가냘펐을 것이다

냄새는 나의 숨 두 번 정도를 주기로

회전한다

여자는 기대고 싶었을 것이다

여자는 살며시 미소를 지었을 테지만

왠지 힘겨워 보였을 것이다

여자의 체중은 47.5키로를

넘지 않았을 것으로 보인다

이 냄새로는 도저히 그 이상일 수 없다

그러나 맥주와 노가리가 도착하고 만다

그렇다면 맥주와 노가리는

도대체 뭐란 말인가

시카고 그라운드 레벨

마티니가 유일무이하게

존재하는 마당에

가냘픈 노가리들이 줄지어 누워 있다

꼬리가 유독 까맣다

삐친 획의 붓글씨 같다

큰대 자를 여러 번 겹쳐

의미없이 연습장에

눌러 쓰던 시절이 있었다

한 마리를 먹자 그 자리가 빈다

거기 있던 노가리는 사라지고

여자는 맞은편 유리창에 비친

뉴스 화면의 글씨가 거꾸로 찍혀가는 걸

바라보다가 때를 골라 일어섰겠지

새벽의 독특함을 물어볼 새도 없이

연약한 샛별의 자취처럼

죽음에 빠지듯 허무한 밤길의

땀 냄새 밴 포옹을 와락
받아들였을 테지
노가리가 사라진다
한 마리씩 한 마리씩
바다가 푸르름을 잃는다
마티니와 여자는
이 자리에 있다 없다
이 자리가 점점 넓다

그맘때

내 나이를 먹어가며
아버지 나이의 호수에 내 나이를
비추어보곤 합니다
지금이면 아버지의 그맘때
불빛 아래에서 곡선을 즐깁니다
중력의 영향을 받으며 그립습니다
풀벌레 소리 들으러 산허리로
걷던 때가 있었습니다
줄자를 들고 집에서 성당까지의
거리를 재던 날도 있었죠
놀이처럼 진지하고 심각한 건
그 어디에도 나타나지 않습니다
내 나이를 먹어가며
나도 그맘때의 아버지처럼
맑은 호기심의 호수에
의식의 온도계를 담갔는지

꺾인 베니어판이 주파수 모양으로
날카로운 파열의 순간을 악뭅니다

쩍 갈라진 수박의 살이 붉어

한밤중 목욕하는 물소리 같이

두근거려요

뒷모습을 믿으면 안됩니다

비탈을 뛰어 내려가며

아무리 이름을 목 놓아 불러도

누나는 돌아보지 않습니다

누나가 아니니까요

언덕 밑에는 사람들이 있고

언덕 위에는 집집마다 세워놓은

테레비 안테나가 있었죠

어디선가 뭔가 보이지 않게 온다는

그 사실을 생선 뼈 닮은 안테나는

알고 있었던 건가요

내 나이를 먹어가며

아버지의 나이의 호수에 내 얼굴을

씻고 오곤 합니다

이맘때면 아직은 물에 손이 차던

아버지의 그맘때

손에 잡히지 않는 건

물 일 그리고 그 마음입니다

4.

모시적삼을 입은 분

— 양자얽힘 랩소디

물줄기와 백송들과 반가부좌한 남자
셋 모두 서로가 서로에게 투명 필름
거침없이 겹쳐 주며
4000 옹스트롬 미만의 적외선 파장으로 진동
물은 폭포수로 하얗게
나무는 흔들림으로 푸르게
사람은 살갗과 허공의 경계선에서 나부끼는
염불로
서로 둔갑
풍경이 등장하며 배경이 되고
그 앞으로 부각되는
각각의 주인공들
원근법을 무시한 채 그려진 세 쌍둥이의
제각각
사람의 자장에 흑연 재질의 입자로 휘도는
마트료시카 모양의 아우라
영롱한 수정 거품이 순간접착제의 점성으로
켜켜이 굳어지며 하강하는 물줄기
천년 묵은 거북 등딱지의 무한 격자들이

바람에 반응하며 응축되어

세한도처럼 반쯤은 지워진 나무

말을 걸기도 전에 이미 다 들었다는 표정

턱 놀림의 글리치가 척추의 디스크를 돌며

공명

대기는 고요

머리맡 와호와 자바산 마호가니 가구의 오버랩

익명의 아바타 모양을 한 손잡이를 열면

서랍 안에서 인자하게 누워 잠든

그분

혁명의 마루타

70년대풍의 귀를 덮는 장발을 한

흰 저고리 입은 세 겹의 인성 또는

망사

좌우대칭의 중앙으로 비스듬히 휜

나무들 사이에 다시 폭포

무화과 열린 마을 근처의

따스함

문득 아바타 손잡이를

엄지와 검지로 잡고 열어보니

향기로운 백송 서랍에

가지런히 접힌 모시 적삼의

서늘함

마이크로증폭우주밤산책
— 슈와 가을이에게

냄새로 세상을 파악한다는 건
그 무엇보다 멋진 일
지금부터 냄새로 깨달아본다
냄새의 지도를 그려본다
냄새감정미크로폰호령이
연희로15길소금막힙걸스
블랙슈와브라운가을이의
라이프롱퍼슈트스멜스굿
마이크로증폭우주밤산책

저쪽 세 폭 병풍

1. 이렇게 될 케틀케틀 삐삐

슬픔의 옥시크린 속에 잠긴 형광 걸레 미역 감아 울컥
물컥 주체 못 하는 감정의 뚜껑이 불컥 섭씨 백도에서 케
틀케틀 삐삐 겨우 화상 입지 않을 정도의 설렘 북받쳐 터
져 오를 듯 잠긴 이불 꺼내 끌고 나가 현관 앞에서 퍽퍽
터는 어깨 장단이 점점 과격해져 이 루프 크레셴도로 돌
다가 이윽고 차오르는 오열 세면대

2. 영하 5도의 마을

툭 하고 핸펀 닿는 소리를 먹는 빨간 보에 싸인 협탁
위로 흐르는 냉기를 담아낸 접시는 허공 코에서 실밥 풀
려 너울너울 흐르르르르르는 상모 끈 공기 숨 가빠 돌 엎
어놓은 심장 태풍 속 잃어버릴 뻔한 편지 안에 담긴 고요
와 냉정 그리고 할머니 흐윽 하고 그으시던 마지막 숨소
리의 햄스트링 어둑한 허공

3. 저쪽

저쪽은 암흑이고 혹시 넘어가면 죽음일까 누구나 말하
던 저편 순간적으로 평온에 대한 기억이 스치며 그리로
가고픈 마음 그러나 아직 움직여지지 않고 찰칵 소리가
갑자기 들려 혼자 사는 이 집에 누가 침입했나 화장실로
들어간 느낌 독침 어렸을 때 KBS에서 하던 드라마 김정
일 역할 하던 얼굴 네모난 배우의 만년필 외삼촌이 의심
됨 그걸 사용하던 그 배우 눈을 부라리며 노려보던 올빽
으로 넘긴 백발 섞인 머리의 딱딱함 가짜 너무나 악마화
된 끔찍함을 어린 내 뇌에 각인시켜버린 정책들 빨강 파
랑이 아닌 녹색의 빛 커튼 아래 어슴푸레 잎 넓은 식물들
내 대화 상대 형형 성대 잘린 목소리로 짖는 집채만 한 개

해
— 성산대교 북단 타령

눈부셔

눈부셔

더운 숨이 쇠를 뚫어

붉은빛 노을

수양버들 아래 노인들

물결 바라보며 노니네

반짝반짝

흐르는 음악

흘러가는 시간

청록의 별자리가

누렇게 바래가네

눈부셔

눈이 부셔

손으로 해를 가리니

해가 손등을 따스하게 만지네

이렇게 계시구나 손이 가려도

여전히 사방은 밝디밝아

심지어 어깨까지 흐르는 따스함에서

돌보심을 깨닫고

성산대교 건너로 실타래를 푸는

당신은 이토록

없지 않네

지중해

이 세상의 모든 파랑보다 더 파란
푸른 젤리처럼 넘실대는 파도
꽃다쥐르*
오월 첫날의 산타 카펠리나여**
이젠 모자를 벗는 작별의 시간
당신 가슴에 얼굴을 묻고
함께 바다에 빠져버릴 테야
비명을 지르며 당신과 사라질래
멍든 추억도 우리와 동행하여
저 너머 보이지 않는 곳에 있을
따뜻한 화덕에 들어가 노을 져
맛있는 끼슈***로 구워지네
잊지 말자고 한 그 약속을
잊을 수밖에는 없었다고
노래하고 또 노래하는
푸른 마리화나 향기처럼
사라진 오래된 젊은 날
해변의 묘지에 부어
잃어버린 붉은 와인****

태양은 남쪽으로 남쪽으로

시간은 내일로 내일로

발걸음은 이탈리아로

이탈리아로

우리와 더불어 이제와 항상

모든 신들은 수평선으로

수평선으로

      * côte d'azur. 쪽빛 해안이라는 뜻.
    ** 프랑스 니스에서 열리는 노동절 축제에 등장하는 모자를 쓴
       여신. 사람들은 저마다 기발한 모자를 쓰고 축제를 즐긴다.
  *** 프랑스식 파이.
**** 폴 발레리Paul Valéry의 「해변의 묘지」와 「잃어버린 술」에서
       따옴. 프랑스 니스에는 '폴 발레리 거리'가 있다.

붐붐 중력장

지구는 드넓은 출렁임
하지만 적당히 붙들어준다네
아니 아니 BOOM BOOM
실은 물방울 하나도 절대 놓치지 않지
모두에게 발찌를 채워주고
하나도 아프진 않네
지구는 부드러운 손바닥
모든 비트는 붐붐붐
땅에서 태어나 땅으로 돌아오지

단분산 콜로이드 입자를 함유한 이름의 브라운운동에 관하여
─ 무지개 산란과 틴들운동 즉흥곡

말씀이 사람이 되시어
이모가 되시어
묻습니다
왜 말씀은 명가명비상명名可名非常名
사람 새끼가 되었는지

지금부터 답하겠습니다
마이크 테스트
아아아
들리세요

이루와봐
기느무쉐이

음악이 흐른다
잊을 수 없는
남궁가영

촛불은 흔들리고

다시 말해 계속 타고
임신한 언니는 뜨개질 코에
집요하게 다음 바늘을 삽입
아가의 DNA는 정확히 분열하고
미래는 만들어지고
물론 자기도 모르게

우리에게는
밤도 있고 낮도 있고
미러볼은 돌고
음악은 흐른다
다시 말해 시간이

대부분의 대화가 섭섭했어, 로 요약되는
오후의 망각을 실현하는
역광은 알려준다 너희 몸이
그림자에 지나지 않았다는 것
그것은 시간의 위대함을 증거하는
휘발되어 깔깔대는 대화의 흑과 백

good good good better better bitter best best beast
솔라솔솔시솔 빛의 꺼짐 더듬거리며 순서를 놓치는
서른여섯의 순살치킨 손익 붐붐붐

미래에 태어날
물고기들에
미리 드린 이름

붐어랭이
청갱이
금다랑어
옥황돔
청홍새치

대화의 창 너머로의 역광
이라든가 달엉덩이

달엉덩이
달덩어리

달항아리

라든가
가랭이
아지랭이

구름 커튼이 간질간질 보일 똥 말 똥 출렁 밤바람 밤하
늘 속옷 노래

달덩어리
달항아리
달달무슨
달엉덩이

라든가

미동이라는 말의 뜻을 정확히 새기는
바로 그 동작
브라운운동

내재성의 평면과 거울 우주

내부는 내부 자체에 없다
내재성의 생성은 커튼의 반사 때문이다
불룩한 술독
바깥으로부터의 탄력
시시각각
평면은 흔들리며
바람 불어
텅 빈
둥근 달
장막의 주름이 공간의 주물을 뜬다

엄마 우주

이름을 내던질 때
엄마는 우주가 된다
엄마 우주
자아 순도 $0\,kgf$
엄마라는 이름 없음
Mother Universe

안아주고 싶을 때
우주는 엄마가 된다
우주 엄마
저항 $0\,\Omega$
우주라는 저항 없음
$A\Omega$ Universe

브로콜리 우주

암흑 추가요

투 플러스 원에 포인트 추가까지?

몇 세트의 암흑이 아직 남았어

암흑 하나 더

더

$\lim n \to \infty$일 때 수열 xn과 yn이

모두 함께 무한대이면서

xn/yn도 무한대로 발산

암흑 겹겹 주머니 층층

서랍 칸칸 락앤락 속의

브로콜리 송이송이

우주는 너무 사랑스런

무한대의 자궁

ㅠㅠ 어쩜 좋니

양수 추가요

5.

음악
── 어디에도 없는 세계로부터

당신의 테이블에 놓였어요

음악으로

흰 테이블보처럼

테이블을 감싸고 있어요

푹신해요

회상 조의 단문이나

웃음을 앞세운 호탕한

머리가 벗겨진 예술가의 농담도

보자기가 되어 담아내요

마치 모든 부서진 초침 하나하나가

진주알이라는 듯

부드러운 교환수

아량 있는 통역사

나는 파견 나온 거예요

잡담이 미덕인 수다의 세계로

어디에도 잘 없는 세계로부터

이상 도우미 로즈마리였어요

게으른 기타리스트의 발라드
—— Où sont les neiges d'antan?*

나는 흥얼거렸지
배 위에 기타를 얹고
귓가에 떠오르는
오래된 노래를

나는 노래하며
어떤 여행을 떠올렸다네
여기에서 저기가 아니라
지금에서 어느 때로
아주 먼 옛날로
어쩌면 영원으로

볕 좋은 겨울
오후였네
장독대의 항아리들은
눈이 부셔도 말이 없고
배 안에서 사각사각
김치가 익어가는 날
언 땅을 덮은 눈물은

반짝이며 사라지네
어린 눈동자가 바라보았지
저 빠른 빛은 어디로 가는지

나는 기타 치네
시간의 배 위에 누워
눈을 감고 영원을 보네
할머니 할아버지 아버지
모두 참하게 머리를 빗고
살도 없이 포동포동하시네
내 머리를 쓰다듬어주시니
마음의 마당이 부풀어 올라
무한한 들판이 되네

나는 기타가 되네
기타가 된 나무가 되네
그 나무 밑에서
이파리를 질겅질겅 씹으며
소가 되어 앉아 있지

바람이 속눈썹을 스쳐
서늘한 꿈속에서 눈을 뜨네

푸르른 언덕이었네
해 뜰 시간 대청마루였네
한가한 벤치였네
양지바른 우물가였네
젖을 마시고 행복하여
끝없이 노래하네

* "지난해의 눈은 어디 갔나?" 프랑스 중세의 도둑 시인 프랑수아 비
  용François Villon의 유명한 시구절.

청둥오리와 농부
— 대부도 멤피스 스웜프 블루스

청둥오리의 깃털을 묘사하기란
불가능하다
빛 때문이다
가벼움 때문이다
청둥오리는
높이 저 높이
있다
청둥오리는 기체다
기체의 희박함이다
병든 청둥오리가
브이 자 대형에서
이탈한다
무거워진다
하강한다
차라리 물을 향해
물이 된다
병든 청둥오리는 어지럽다
검은 물빛이라고 생각하는 순간
짧고 감정 없는 대답과 직면한다

안 돼라고 말하는
아스팔트의 촉감을 설명하기란
불가능하다
물은 가벼움을 용납하지만
아스팔트에게는 출렁임이 없다
차가움 때문이다
그렇지만 불가능하다 역시
해 질 녘의 아스팔트를 묘사하기란
노을 때문이다
노을은 농부의 시계다
농부가 일을 마치고
허리를 편다
농부는 무겁다

무거움의 속살을 까뒤집는
흙의 전복
일을 마치고 농부가 침을 뱉는다
허연 뼛조각 같은 침이 땅에 박힌다

농부는 죽음의 개념을 이장시킨다

농부가 청둥오리의 목을 쥔다

청둥오리가 축 늘어진다

청둥오리가 무거워져서

땅을 향한다는 것은

있을 수 없는 일이다

붉어진다

농부가 청둥오리의 목을 쥐고

용달차로 간다

용달차 짐칸의 검고 차가운 철판 위에

청둥오리를 털썩 놓는다

농부는 죄가 없이 잔인하다

직업은 잔인함의 실행이다

용달차가 떠난다

아스팔트에 청둥오리의

핏자국이 있다

아스팔트는 잠잠하다

브이 자 대형은 이제

보이지도 않는다

틱 159
── 이태원 레퀴엠

금요일 밤에 사용하려고
카이젤 수염 세트를 사놓고
나가지 못한 당신
전화를 못 받은 수면의 습관
받아도 머뭇거리는 떨림의 질병
노동과 의무의 옷핀에 살짝만 걸려도
시간은 틱틱틱
틱 장애인이 됩니다
시간은 틱틱틱
밤에서 새벽으로 잘도 흐르고
멀리서 핼러윈 특집 불꽃놀이가
포르타멘토의 유연성 테스트를
어두운 하늘에 그래프로 남깁니다
엠디에프로 만든 관이 아니라
두꺼운 오동나무관과
헤이트 애시베리에서 놀던 아이가 아니라
처용의 시중을 들었던
검은 이무기의 발기한 성기
그런 것들을 생각하며

마음은 무겁고 외롭네요

그래도 당신은 나가지 않습니다

나갔다간 진짜 살인자가 될지도

낯선 도시에서 시를 썼다 2
── 톨게이트 콘크리트 뮤직

　낯선 도시의 고양이들이 넓은 공터에서 날카로운 소리를 지르며 싸웠다 어울리지 않는 밤을 맞이하던 낯선 건설기계들이 지켜본 덕에 그 싸움은 잘 정리됐다 고양이 한 마리가 누워서 일어나질 않았다 그 무렵 일교차가 심할 거라는 일기예보는 사실이 되었다 낯선 도시에 있기 위한 나의 준비는 허술했다 낯선 내일이 기다리고 있었다 연인으로 보이는 낯선 커플이 너무 낯설어 내키지 않는다는 듯 주저하며 어떤 문안으로 들어갔다 낯선 도시에서 익숙한 사람들이라고는 없었다 낯선 도시의 달이 지나치게 높게 떴다 달빛이 휘청거렸다 길은 아무 말도 없었지만 삼각형의 깃발은 말이 없지 않았다 바람이 불자 낯선 현수막이 부르르 떨었고 핸드폰 진동이 짧게 울렸다 낯선 자전거가 갑자기 나타나 과속방지턱을 넘다가 약간 휘청했다 그때 무언가가 번쩍였다 낯선 도시의 유일한 대답은 그거였다 밤이라 더욱 눈이 부셨다 낯선 도시에서 이 시를 쓰기 위해 지나치게 많은 시간을 쓴 걸 후회했다 심야에 낯선 도시를 빠져나와야 했다 낯선 도시에서 시를 거의 다 썼다 낯선 톨게이트에서 하이패스 단말기가 갑자기 말을 안 들었다 우울했다 나는 미납

차량이 되어 낯선 하이웨이로 들어섰다 밤은 질주하기에
알맞은 양만큼 깊었다

복숭아 소네트
—슈 환상곡

장마철이 오기 전에 슈는 떠났지
푸르디푸른 단풍잎 손바닥
복숭아를 질투하다 핏빛으로 변할 걸
모르고서 저렇게들 흔들어댄다

가을이 올지 아직은 미지수
쏴아 쏴아 전율하는 안개를 마시고
돌 개구리 왼쪽 허벅지 밑에 숨은
재떨이에 재를 토한다 이 한 밤

뒤척이다 엎드려 자는 내게 다가와
복숭아뼈에 턱을 괴고 어느새 잠든 슈
정강이에 닿는 콧바람의 따스함이 그리워

먼 산에서 내려온 신비로운 피리 소리가
골목을 들러 소금막해변*으로 떠난다
슈 그만 뛰어놀고 이리 와 내 곁에서 자렴

* 제주도 표선에 있는, 슈가 너무나 좋아했던 작은 해변.

110

죽음은 흰 천을 반으로 접는 일입니다
— 순간의 현상학

넓디넓은 흰 천이 처음엔 그렇게까지 크지는 않고 마당만 했는데 접으려고 보니 명지초 다닐 때 겨울에 작은 운동장에 물 부어서 얼려놓은 스케이트장 크기로 커집니다 그 한 면의 두 꼭지를 쥐고 반을 접어야 합니다 사람은 넓은 텐트를 반으로 접을 수도 있으니까요 겨우내 덮던 이불의 흰 겉 겹을 벗겨 깨끗이 빨아서 말린 후에 잘 접어 장롱에 넣어놔야 할 봄 이불의 새하얀 빛을 보며 심장이 두근거리던 봄 나는 공연용 트럭 위에 있습니다 딱딱하고 차가운데 살짝 휘청거리는 철판이군요. 그 위에서 보란 듯 천 한 면의 두 끝을 잡고 있는데 바람이 불어 넓게 펄럭입니다 힘을 감당할 수는 있구요 드디어 힘껏 천을 잡고 뛰기 시작합니다 저쪽 반을 향해 그 큰 천이 반으로 접히기 시작 팽팽하고 탄력 있습니다 바람을 받는 돛처럼 불룩해지는 하얀 천 말씀드리는 순간 나는 살짝 미소 띤 얼굴로 반대편을 향해 경중경중 뛰고 있네요 사람들이 주위에서 나를 쳐다봅니다 뭔가 경이로운 표정으로 아니 그냥 그런 느낌이 드는 걸 수도 있죠 순간 더 힘줘서 천을 붙들고 더 멋지게 뛰어보려 하는 선수 명지초등학교 5학년 2반 성기완 아침 7시 50분의 아직 잠이

덜 깨어 짙은 곱슬머리처럼 고슬고슬한 흙을 깔아놓은 학교 운동장에서 축구를 합니다 말씀드리는 순간 어둑어둑한 운동장에서 중딩 때 야구를 하구요 고3 때 검은 긴팔 골덴 남방 팔 세 번 걷어붙이고 농구를 하고 있습니다 그때와 똑같은 기분으로 지금은 흰 천을 반으로 접고 있는 선수 나는 의젓하게 잘하고 있고, 멋진 모습으로 페어플레이 중입니다 늠름합니다 많은 사람이 보고 있는 건 아닙니다 주변에 다섯 명 정도 보이고 더 있을 수도 있습니다 자 과연 이게 접힐까요 이 넓은 천이 말이죠 조금 걱정도 들지만 나는 잘하고 있습니다 다행히 신기하게 이제 거의 다 왔습니다 아 뭐죠 천이 얼굴을 덮네요 흰 천이라 빛이 반짝이고 풍경이 하얀 바탕으로 아른거립니다 이제 다 왔습니다 천은 더 넓어져 온 세상을 뒤덮습니다 우리 성기완 선수 홈스트레치 돌아 있는 힘을 다해 머리를 앞세워 멋진 헤드 퍼스트 슬라이딩을 합니다 천이 바닥에 깔려 있어서 폭신하겠지 예상하며 안심하고 몸을 내던집니다 아 과연 그렇네요 골을 넣고 잔디에서 슬라이딩 세레모니를 하는 축구 선수처럼 한참을 미끄러져 드디어 도착입니다 이 큰 천을 반으로 접는 데 성공합니

다 다시 공간 전체에 대한 시야가 부감으로 확보될 때쯤
흰 천의 바깥으로 푸우 하고 나오네요 여긴 어딘가요 다
들 어디 계신가요

겨울비
— 잔골* 아리랑

어제오늘
겨울 날씨치고는 눅지근하더니
오늘 아침
못 참겠는지 비가 오네
올 듯 말 듯 수줍고 가는 비라
자세히 들어야 빗소리가 나
바람이 차지 않아
오랜만에 서창을 열어

창 왼편의 헐벗은 겨울나무는
어지러운 가지들을 데리고 살아
전깃줄과 섞인 운명의 혈관이 심란하구나
새들은 어디선지 조심조심 지저귀고
오는 비는 그 소리들을 데리고
낮아져 낮아져
비로소 땅에 닿아
집에 계신 어머니가 보고 싶어
헐린 집 방향으로 고개나 치켜본다

서창의 오른편을 차지하고 있는
기와들도 오랜만에 비에 젖어
원래 칠흑빛이었으나 물기에 번들거려
보기에는 하늘 닮은 허연 빛으로
같은 무늬를 비늘처럼 반복하며 너울대
처마 끝이 기우뚱 높아져
저 위를 사선으로 가리켜
돌아가신 아버지가 거기 계시겠지

그러고 보니 벌써 작년 그맘때가 다 되어
첫 제삿날
내 손으로 지방 써서 붙이겠구나
그날 누런 오후 하늘에 달무리 졌지
떠올리다가
오줌이 마려워 사립문 열고 뒷간 갈 때
텅 하는 창호지 울림이 오늘따라 북소리 같고
문고리 닿는 소리 쟁글쟁글 종 치는 듯하다
쪼르르 오줌발이 아는지 모르는지 천진한데
창호지 문고리 오줌발이 서로 멕이고 받아

동치미 살얼음 상여 소리로 들려

이 소리 밟고 또 밟고

조용한 겨울비가 버선발로

풀밭에 가만히 와 서성이네

빛
—49재

창으로 스미는 빛이
내 눈을 감겨줘요
두꺼운 파도처럼
감당하기 힘들면서도

은은해요
당신이 그렇게
왔는데도 안 오시나 싶어
애가 타요
눈을 감고 조는 듯 환희에 빠져
아무런 생각 없이 그저 빛의 스밈만을
음미해요

더 큰 신비의 이불인 빛은
존재의 어느 덩어리
어떤 모양
허연 도포 자락의 기운을 머금은 하늘이
하품을 하듯 빛을 쏟아내면
이승은 들뜨면서 안타까워져요

아버지는 그렇게 수박 빛깔 레몬 빛깔이 섞인
눈부신 빛의 얼굴로
허공을 건너 들어오셨어요
그것은 당신만은 아니었어요
아버지와 할아버지 할머니와 괴테와 병승이를
재홍 아저씨와 홍성 고모와 준석이를
눈사람처럼 뭉친 둥그스름한 무리가
시간을 함께 타요
붙들 수 없지만 오셨다는 확신이
나를 기쁘게 해요

빛은 존재의
빛이라는 존재의
자체이면서 동시에
빛이라는 존재로밖에
다가올 수 없도록 존재하는
어떤 기운의 무리가 청하는
끝없는 대화의 장면들
빛의 말소리가 들릴 때

비로소 말 없는 이야기의
숨은 얼굴 눈부신 표정이
보시다시피
들리는 거죠

넘는 시

당신은 떠났고
시간은 텅 비어
흘러가네
처음처럼

빛의 만가挽歌

황유원

(시인)

성기완의 여섯번째 시집 『빛과 이름』은 제목이 주는 환하면서도 어딘가 헐벗은 듯한 인상만큼이나 상실과 부재의 기운으로 가득하다. 우선 시집의 문을 '열면' 바로 보이는 첫 장면, 「여는 시」부터가 그러하다. 그는 "공용 세탁소에서/무릎을 말아 쥔 채" "빨래가 다 되기를" 기다리고 있다. 다 큰 남자가 어쩌자고 혼자 공용 세탁소에서 빨래를 기다리고 있는가? 혼자가 아니고서야. 어떤 남모를 사정이 있지 않고서야. 별 동작 없이, 말없이 기다리는 시인의 모습, 그 간결함 때문에 신scene보다는 숏shot에 가까워 보이지만 실은 롱테이크long take에 가까울 장면. 지금 그의 옆에는 아무도 없고, 그런 그가 세탁기 돌아가는 소리 속에서 태아처럼 "무릎을 말아 쥔 채"

기다리는 것은 다름 아닌 '어둠'과 '시'다.

이 영원히 정지한 듯하면서도 영원히 이어지는 듯한, 짧다고도 짧지 않다고도 말하기 어려운 「여는 시」는 당연하게도 그 자체로 이미 한 편의 시인데, 그것을 시로 만들어주는 가장 결정적인 구절은 다름 아닌 "입을 벌리고 하얀 크림빵을 먹는/어둠"('시인의 말')일 것이다. 누구에게는 '홍차와 마들렌' 대신일, 지극히 한국적인 '크림빵'이라는 단어가 거느린 혹은 소환하는 겹겹의 시간. 크림빵은 지금처럼 수많은 빵이 존재하기 이전부터 존재한, 한국의 1960~80년대를 떠올리게 하는 '기본' 빵이다. 다시 못 올 시절, 하지만 기억 속으로 들어가면 어김없이 늘 거기 그 자리에 있는 시절. '크림빵'이라는 단어에서는 지난 과거의 헐하고도 달콤한 향기가 난다.

그렇다, 서른을 갓 넘기고 첫 시집을 냈던 시인은 이제 오십대 중반을 넘어섰다. 굳이 나이 이야기를 하는 것은 『빛과 이름』에서 나이가 중요하기 때문이다. 나이가 들면 쓸 수 없는 시가 있는 반면 나이가 들지 않으면 쓸 수 없는 시도 있다. 나는 지금 시인이 '늙었다'라는 이야기를 하려는 게 아니다. 그의 시는 여전히 "이 세상의 모든 파랑보다 더 파란/푸른 젤리처럼 넘실대"(「지중해」)고, 그 어느 때보다도 "아니 아니 BOOM BOOM"(「붐붐 중력장」) 통통 튄다.

하지만 나이를 '먹어'가면서 어쩔 수 없이 목격하

게 되는 여기저기 뚫린 빈 구멍 같은 자리들. 물론 그는 이전에도 상실과 부재에 대한 시집을 낸 바 있다. 사십대 초반에 출간한 『당신의 텍스트』(문학과지성사, 2008). "향기로운 술이 익다 익다/턱이 빠지도록 신 식초가"(「피눈물 식초」) 된 듯한 시들. 헤어지는 일에 위계를 부여하는 것은 사람으로서 좀 못 할 짓 같지만, 그래도 연인이랑 헤어지는 것과 가족이랑 헤어지는 것은 그 깊이와 차원이 다르다. "채칼에 엄지를" 벤 상처와 "비석에 아버지 이름을 새"기느라 "매끄러운 돌판에 난 영원한 상처"(「영원—웅천석재에서」)는 절대 같을 수 없다.

시인은 어느덧 지구별에서 반세기가 넘는 시간의 터널을 통과해왔다. 그리고 그 시간은 불가피하게 예전과는 다른 상실의 시를 낳았다. 'revisited'의 형식이 가능하려면 일단 과거의 무수한 'visit'라는 사건이 전제되어야 하는 것. 그때 그 방문이 성공적이었든 아니었든 간에. 물론 십중팔구는 후자의 경우겠지만. 『빛과 이름』은 그렇게 탄생했을 것이다. 그런 것 같다.

잡설은 집어치우고 다시 시의 입구, 그가 "무릎을 말아 쥔 채" 기다리고 있는 공용 세탁소로 돌아가보자. 그런데 잠깐, 어쩌면 우리가 이제 읽을 시들은 이미 그 기다림의 결과물인 것은 아닐까? 물론 그가 「여는 시」 아래 '시인의 말'에 "2023년 가을/성기완"이라고 써두긴 했지만, 사실 그가 기다린다고 말한 시는 이미 도착해

서 이제 역으로 우리를 기다리고 있는 것은 아닐까? 그
렇다면 이 시집은 일종의 시간 여행이다. "여기에서 저
기가 아니라/지금에서 어느 때로/아주 먼 옛날로/어쩌
면 영원으로"(「게으른 기타리스트의 발라드—Où sont les
neiges d'antan?」) 떠나는 여행. 시집의 맨 끝에서 만나게
될 「넘는 시」에 도달할 때까지 한 편 한 편 넘어가며 목
격하게 될, 단지 그의 것만은 아닐 겹겹의 시간.

부재가 점점 넓다

문을 하나 더 열고 들어가면 우리는 "20130226화 아
버지 돌아가시던 날 오후"로 들어서게 된다. 지금으로부
터 10년 전, 그분의 마지막 뜬 눈을 시인이 자기 손으로
감겨드린 오후. 어쩌면 그분의 떠남과 함께 이 시집이
육신을 얻어 도래하기 시작한 오후.

그런데 이상하다. 아버지 돌아가시던 날 오후인데, 이
시의 제목은 「눈—20130226화 아버지 돌아가시던 날
오후」이고 이럴 때 눈은 보통 눈물을 흘려야 하는 것인
데 어디에도 눈물은 보이지 않는다. 대신 "영원히 영원
을 목격한 그 눈"의 무심한 초월성과 "학원에서 아이들
가르치다 소식 듣고/막내가 뒤늦게 달려"왔다는 구절
에서 풍기는 생활의 냄새, 그리고 "비로소 아버지 눈가

에"도는 '미소'가 있을 뿐. 눈물이 아니라 미소. 이 미소가 중요하다. 상실의 기운을 운운하며 이 글의 운을 떼긴 했지만 시인이 상실감에 함몰되는 처연함만을 보이는 것은 아니기 때문이다.

물론 초인은커녕 너무나도 인간적인, 그 이름에 이미 인간이 들어 있는 '시인詩人'이 우선 보이는 것은 처연함이다. 그는 "이렇게 이별하고 나니 말 한마디/못 한 내 어리석고 미련함이/천추의 한이요/후회막심 통탄할 일이라" 뒤늦게 "사랑해요/사랑했어요/사랑만을 했어요"(「놓고 가신 님」) 하고 되뇌고, "초인종 눌러도 당신은 없는/그 집 앞 문 밖/텅 빈 자리에서 깨닫습니다" "당신의 하나하나" "속속들이 사무치게 그리워요"(「마중」)라며 전통적이어서 오히려 더 극적인 화자의 목소리로 거의 절규하다시피 한다.

그러니 돌아가신 아버지의 저 미소가 온 세상에 퍼지기 전에, 우선 상실과 부재의 기운이 온 세상에 퍼지는 것은 누구도 어쩔 수 없는 일이다. 삶 여기저기에 뻥뻥 구멍이 뚫린 시인이 느끼는 구멍에 대한 감각은 전에 없이 예민해진다. 이를테면 「다시 가보니 흔적도 없네─응암동 오 남매 왈츠」의 경우. "할머니 아버지 할아버지/그리고 엄마와 오 남매"가 같이 살던 그곳은, 그곳의 "작은 집"과 "작은 개울"은 "다시 가보니 흔적도 없"다. "하얗게 앵두꽃 피었다 나가봐라" 하시던 할머니의 목소리는 "더는 들을 수 없는 목소리"가 된 지 오래. 변한 것은 그뿐만이 아니다. 내가 아무것도 안 해도 알아서 변하는 시간과 계절. "여름 가고 가을 가고 겨울 가고 봄". 그리고 무엇보다도 결정적으로 내가 변한다. "하지만 내가 변한 것에 비하면/다시 가본 그곳은 변한 것이 아닌걸/내가 바뀐 지금을 생각한다면/흔적도 없는 그곳은 정말 그대로인걸". 물론 이 말에는 약간의 과장이 섞여 있겠지만 세상을 바라보는 주관적 주체로서의 나의 변화는 일어나는 모든 변화 중에서 가장 결정적이고도 중요한 사건이 아닐 수 없다. 어떤 의미에서 늙는다는 것은 정체성이 자아의 동일성만으로 이루어지지 않는다는 사실을 깨닫는 일. 변한 나도 나라는 사실을, 나는 이미 변할 나였다는 사실까지를 깨닫는 일. 나는 또 무엇이 변했나? 아는 사람은 알겠지만, 「다시 가보니 흔적도 없네」는 시인이 무려 17년을 몸담았다 탈퇴한 후 지금은 잠정적으로 해체한 밴드 '3호선버터플라이'의 노래 제목이기도 하다. 시 안의 상실과 시 밖의 상실, 그 두 겹의 상실. 이쯤 되면 안팎이 모두 상실이다.

상실로 인해 예리해진 부재의 감각을 가장 전방위적으로 뿜내는 또 다른 시가 있다. 「이 자리」에서 시인은 바에 앉아서 "분 냄새 또는 향수 냄새"를 감지하고는 "이 자리에는 여자가 앉았다 갔다"라는 사실을, "그 공백의 시간"을 알게 된다. 시인은 심지어 "본 일도 없는 그 여자가 그리워"지기까지 한다. 그 감각은 안주로 시킨 노가리로까지 이어져 "한 마리를 먹자 그 자리가 빈다". 그런데 지금 있다가 사라지는 노가리는 원래 바다에 있다가 이곳으로 옮겨온 것이다. 그런 사실에까지 생각이 미치자 "노가리가 사라진다/한 마리씩 한 마리씩/바다가 푸르름을 잃는다". 이쯤 되면 모든 공간은 실은 끊임없이 무언가를 잃는 공간이라고 말할 수 있을 정도이다. 모든 공간은 향수 냄새 같은 희미한 증거가 아니었다면 있었는지도 몰랐을 무언가가 잠시 머물다 사라진 자리인 셈이다. "마티니와 여자는/이 자리에 있다 없다/이 자리가 점점 넓다". 이 자리는 한 번도 그냥 이 자리였던 적이 없다. 이 자리의 존재론적 지위는 늘 본질적으로 "이승의 언어로는/없는 것도 아니고 그렇다고/있는 것도 아닌 상태라고만"(「물결―오스틴 텍사스 사우스 바이 사우스웨스트 리버 보트 셔플」) 말할 수 있는 성질의 것. 이 자리는 부재에 부재에 부재가 자꾸만 겹쳐 점점 부풀어 오른다. 아무리 부풀어도 터지지 않을 만큼, 부재가, 점점 넓다.

그러나 아으 이름이여

그런데 이렇게 부재에 이르게 되는 존재의 숙명은 어

디서 비롯된 것인가? 물론 애초에 존재라는 것이 하나의 완전체가 아니라 원자가 어떤 조건 아래 일시적으로 합쳐진 불안정한 상태에 불과한 것이기 때문이다. 일시적인 합성물이 언젠가 다시 산산이 해체되는 것은 지극히 자연스러운 일. 마침 시집 제목이 『빛과 이름』이다 보니 문득 다음과 같은 문장이 떠오르기도 한다.

"아난다여, 만일 의식이 명색(名色, nāma-rūpa)을 안주처로 삼지 못한다면, 미래에 출생, 늙음, 죽음, 괴로움이 생겨난다고 할 수 있겠는가?"

"그렇지 않습니다, 세존이시여."

—「마하니다나 숫타Mahānidāna Sutta」*

물론 여기서 '명'과 '색'은 복잡한 역사적 맥락과 여러 철학적 의미를 지닌 단어인데, 불교 철학에서는 단순히 각각 인간의 '정신적 구성 요소'와 '물리적 구성 요소' 정도를 뜻한다. 하지만 '명nāman'은 대략 기원전 1400년에 기록된 『리그베다』에 등장할 때부터 '이름' '명칭' 등을 뜻했고, 때로는 존재의 본질로 여겨지기도 했다. '이름'이란 절대 가벼운 것이 아니다. 그리고 그것

* *Dīgha Nikāya, Vol. II,* eds. T.W. Rhys Davids & J.E. Carpenter, London: Pali Text Society, 1903, p. 64.

은 『빛과 이름』에서도 마찬가지다. 본문에서 '이름'이라는 단어는 당연하게도 '아버지'라는 단어와 함께 가장 처음 등장한다. 「영원─웅천석재에서」라는 시의 마지막 부분.

> 비석에 아버지 이름을 새긴다
> 매끄러운 돌판에 난 영원한 상처
> 정 끝에 떨어져 나가는 석편이
> 뼛조각처럼 뼈아프게
> 저기 허공의 문을 여는
> 돌아올 수 없는 여행의
> 출석을 부른다

이름은 비석에 새겨지는 동시에 저세상에서 호명되는 이름이 된다. 이제는 지상에서 불러봐야 헛것인 이름. 그런데 왜 아버지의 이름은 직접적으로 불리지 않는 것일까? 단순히 아들에게 아버지는 늘 그냥 '아버지'로 불렸기 때문에? 그런데 이 시에서 구체성의 정도가 가장 높은 이름은 다름 아닌 부제에 등장하는 '웅천석재'이다. '아버지'라는 보통명사와 '웅천석재'라는 고유명사 사이의 거리. '영원'이라는 관념적인 제목과 '웅천석재에서'라는 너무나도 구체적인 부제 사이의 간극. 그것이 바로 '그쪽'과 '이쪽' 사이의 거리인지도 모른다. 두 단어를 나란히 배치하는 것만으로도 획득되는 아득하고 아찔한 거리감.

『빛과 이름』에는 그렇게 저편에서 호명된 여러 이름이 등장한다. 고양이 나비와 강아지 슈, "아버지와 할아버지 할머니와 괴테와 병승이" "재홍 아저씨와 홍성 고모와 준석이"(「빛—49재」). 어떤 의미에서는 이렇게 이름을 불러주는 행위 자체가 '49재'나 다름없는지도 모르겠다.

그런데 돌아가신 그분이 "이승의 언어로는/없는 것도 아니고 그렇다고/있는 것도 아닌 상태"가 되어서 역설적으로 "어디에나 있게 되"(「물결—오스틴 텍사스 사우스 바이 사우스웨스트 리버 보트 셔플」)신 것처럼, 이름을 내던지는 것은 좀더 우주에 가까이 다가가는 일이기도 하다. 일시적으로 합쳐진 부자연스러운 상태보다 우주에 편재하는 본래 상태에 더 가까워지는 일이기도 하다. 다음 시에 따르면,

　　이름을 내던질 때
　　엄마는 우주가 된다
　　엄마 우주
　　자아 순도 0kgf
　　엄마라는 이름 없음
　　Mother Universe

　　　　　　　　　　　　—「엄마 우주」 부분

이 구절을 아래의 우파니샤드 구절과 비교해보라.

강들이 흘러가 이름과 형태nāma-rūpa를 버리고 바다로 들어가듯이, 그렇게 지혜로운 자는 이름과 형태에서 벗어나 지고의 존재인 천상의 푸루샤에게 이른다.

―『문다카 우파니샤드Muṇḍaka Upaniṣad』 3.2.8[*]

"명가명비상명名可名非常名"(「단분산 콜로이드 입자를 함유한 이름의 브라운운동에 관하여―무지개 산란과 틴들운동 즉흥곡」)이라. 우리가 부르는 이름은 '불변의 이름'이 아니어서, 그 이름을 벗은 자들은 실은 우리를 새까맣게 잊은 채 저 멀리서 유유자적한 지 오래인지도 모른다. 오직 아직 이름으로 불리는 우리만이 지상에 발붙인채 "아으 닿을 길 없는 부름이여/그러나 아으 어느 이름이여"(「불러내기」,『쇼핑 갔다 오십니까?』, 문학과지성사, 1998) 하고 '아으'거릴 뿐인지도.

[*] *Eight Upniṣads, Vol. II*, trans. Swami Gambhirananda, Kolkata: Advaita Ashrama, 1958, p. 162.

후렴을 반복하며

이름을 실컷 부른 김에 노래도 한번 불러보자. 아니, 노래를 부르듯 이름을 불러보자. 시인은 우리에게 그렇게 외치는 것 같다. 그런 심정인 것 같다. 그렇게 생각될 만큼 『빛과 이름』에는 의식적이든 무의식적이든 노래의 형식을 빌린 제목이 대거 포함되어 있다. 마치 노래로 이 시간을 건너가려고 작정하기라도 한 듯이, 이 시간을 건너가는 동안 벗으로 삼기에 노래만큼 좋은 게 어디 있느냐고 반문하기라도 하듯이.

뮤지션이기도 한 시인이 노래 – 음악의 장르를 시 제목으로 삼은 것은 물론 전혀 새로운 일이 아닌 듯하다. 하지만 정말로 그런가? 확인차 다시 열어본 시인의 지난 시집들 차례에는 노래 제목 자체를 시의 제목으로 삼은 사례가 간혹 눈에 띄지만[이를테면 『쇼핑 갔다 오십니까?』의 「月印千江」「두비누슈카」나 자신의 노래 제목을 그대로 시의 제목으로 삼은 『ㄹ』(민음사, 2012)의 「스모우크핫커피리필」「쿠쿠루쿠쿠비둘기」등등], 『당신의 텍스트』의 「자목련 블루스」와 「날고기 블루스」를 제외하면 그런 경우는 의외로 전무했다.

반면에 이번 시집은 어떠한가? 1부의 향가 · 왈츠 · 변주, 2부의 소네트 · 별곡 · 록 스테디, 3부의 찬가 · 블루스, 4부의 랩소디 · 타령 · 즉흥곡, 5부의 발라드 · 스웜프 블루스·레퀴엠·콘크리트 뮤직·(다시) 소네트·환상곡·아리랑 등등. 이 단어들만 봐도 마치 동서양의 모든 시가詩歌와 음악과 노래가 모여 시대와 장소를 초월한 노이즈의 축제 한판을 벌이고 있는 듯한 기분이 들 정도이다.

이처럼 이번 시집은 성기완이 낸 그 어떤 시집보다 원초적인 '노래'에 가깝다. 이것은 물론 일종의 '실험'이기도 할 테지만, 역설적으로 이전 시집들에 비해 좀더 다가가기 쉬운 효과를 낳기도 하는 것 같다. 그가 불러주는 노래들은, 누군가는 여전히 난해하고 실험적으로 느끼겠지만, 어딘지 모르게 정겹다. 한마디로 피부에 와 닿고 귀에 쏙쏙 들어온다.

그런데 새삼 던져보는 질문. 노래란 무엇인가? 절과 후렴이 있는 것이다. 후렴을 기둥으로 삼아 그 주위를 계속 빙빙 도는 것이다. 숨 가쁘게 돌면서도 숨 가쁜 줄도 모른 채 황홀한 정신적 고원에 도달하는 것이다. "마음의 마당이 부풀어 올라/무한한 들판이 되네"(「게으른 기타리스트의 발라드—Où sont les neiges d'antan?」). 시인 본인의 말을 빌리자면, 노래란 "반복과 후렴이다". 그렇다면 시인이 부르는 노래들의 후렴을 이루는 핵심은 무엇인가? 놀랍게도, 혹은 너무나도 당연하게도, 그것은 '사랑'이다. 굳이 '너무나도 당연하게도'라고 쓴 까닭은 시인 자신이 "반복과 후렴을 지배하는 음소는 무엇인

가. ㄹ이다"(『모듈』, 문학과지성사, 2012, p. 221)라고 말했기 때문이다. 그리고 'ㄹ'은 바로 '사랑의 음소'가 아니었던가.

그러니 『빛과 이름』에서 시인이 부르는 노래가 결국 죄다 '사랑 노래'가 아니면 또 무엇이겠는가. 그것도 절절한. 절절 끓지 않는 사랑도 과연 사랑이라고 할 수 있을까? 그리고 그것은 이런저런 시간과 사건을 통과한, 목소리에 잔근육이 붙은 사람만이 부를 수 있는 사랑 노래다. 지나가고 망가진 시간으로서의 "모든 부서진 초침 하나하나가/진주알이라"고 선뜻 말할 수 있는 사람의 노래. 나는 작곡가들이 모인 어느 술자리에서 '한국 대중가수 중에 함께 나이 들어갈 수 있는, 계속 공감할 수 있는 노랫말을 들려주는 가수가 없어 슬프다'는 식의 푸념을 듣고 고개를 떨군 적이 있는데, 『빛과 이름』에 녹음된 노래들은 나이를 먹어가면서도 계속 재생할 수 있는 것이라는 확신이 든다. 그런 것 같다. 시간의 풍화를 지나온 사람이 "잡담이 미덕인 수다의 세계"(「음악—어디에도 없는 세계로부터」)로서의 스테이지에 홀로 서서 부르는 사랑 노래. 때로 이름과 함께 절절히 부르는.

우리 우리 이쁜 소희야
너는 아니
[······]

니 아들 태원이는 아니

니가 너무 눈부셔

쳐다볼 수 없을 만큼 눈부셔

[……]

사랑을 오직 사랑만을 사랑의 황홀만을

고미사 고미사

고마워요 미안해요 사랑해요

너의 화신인 그 후렴을 반복하며

살아 불태우리라는 걸

—「소희 찬가」 부분

빛의 말소리

이름과 노래 말고도, 혹은 그와 더불어 허공에 퍼지는 것이 있으니, 그것은 바로 시집 제목에 등장하고 5부의 제목으로도 등장하는 '빛'이다(노래 – 음악 장르의 명칭을 제목에 가장 많이 사용한 것이 바로 5부임에 주목하라). 빛은 우선 '미러볼'의 형태로 노래를 호위하며 시집 공간의 사방에 반사된다.

꼭 미러볼 때문이 아니더라도 빛은 편재하는 것. 그것은 어디에나 있다. 낮에도 밤에도 있다. 자연물에도 인공물에도 있다. 시집을 온통 수놓은 알록달록한 빛의 향연.

'연둣빛' '오렌지빛' '코발트빛' '황금빛' '붉은빛' '쪽빛' '핏빛' '칠흑빛' '수박빛' '레몬빛' '달빛' '물빛' '별빛' '불빛' '눈빛'……"시선을 돌려도 무늬의 중심에 있는 빛"(「아뉴스 데이―화장터에서」). 그리고 바로 그 빛에서 시인은 떠나가신 당신의 방문을 느낀다.

> 손으로 해를 가리니
> 해가 손등을 따스하게 만지네
> 이렇게 계시구나 손이 가려도
> 여전히 사방은 밝디밝아
> 심지어 어깨까지 흐르는 따스함에서
> 돌보심을 깨닫고
> 성산대교 건너로 실타래를 푸는
> 당신은 이토록
> 없지 않네
>
> ―「해―성산대교 북단 타령」 부분

그런데 시인은 왜 햇빛 속에 당신이 '있다'라고 말하는 대신 굳이 "없지 않네"라고 한 것일까? '있다'와 '없다'의 이분법적 세계에서 자유로워진 존재의 본질은 늘 이처럼 '이중 부정'의 방식을 띨 수밖에 없는지도 모른다. 이제 당신의 존재론적 지위는 "기침이 아니라 기침인 체하는 기척" "안 계시진 않다는" '헛기침' 같은 것

(「헛기침―할머니의 절대적 모랄을 기리는 향가」)이 되었
으니까.

그렇다면 왜 하필이면 빛이어야 하는지도 어렴풋이
이해된다. "양자얽힘 랩소디"라는 부제의 시도 있거니
와 '양자역학'에 대해 잘 모르는 나 같은 사람도 빛이 입
자이자 파동의 이중성을 띤다는 사실 정도는 알고 있다.
일반 상식으로는 도무지 이해할 수 없는 신비. 떠나신
당신이 찾아오는 방식 또한 그처럼 신비롭다. 마치 천상
의 나팔 소리처럼 지상에 울려 퍼지는 빛.

그런데 잠깐, 빛이 울려 퍼진다고? 소리처럼? 그렇다,
나는 지금 잘못 말한 게 아니다. 허공은 빛의 매질이고,
허공을 가득 채운 공기는 바로 소리의 매질. 빛과 소리
모두 허공을 통해 오는 것. "눈부신 빛의 얼굴로/허공을
건너 들어오"(「빛―49재」)는 아버지. 빛이 허공을 통해
'들려 오는' 것은 결코 우연이 아니다. 같은 시에서,

　　　빛이라는 존재로밖에
　　　다가올 수 없도록 존재하는
　　　어떤 기운의 무리가 청하는
　　　끝없는 대화의 장면들
　　　빛의 말소리가 들릴 때
　　　비로소 말 없는 이야기의
　　　숨은 얼굴 눈부신 표정이

보시다시피

들리는 거죠

—「빛—49재」 부분

이처럼 빛은 "더 큰 신비의 이불"이자 "존재의 어느 덩어리"로 재잘거린다. 끝없이. 그 덩어리에는 아버지만 계신 게 아니라 "할아버지 할머니와 괴테와 병승이" "재홍 아저씨와 홍성 고모와 준석이"도 있어서, 거기에서는 온갖 말씨, 심지어 독일어까지 들려올 듯하다. 아니, 가만히 귀 기울여보면 괴테가 한국어로 부르는 「닮은꼴Ein Gleiches(방랑자의 밤 노래 2)」(『11월』, 문학실험실, 2021)이 준석이가 치는 기타 반주에 맞춰 들려오는 듯도 하다.

모든 봉우리 너머

적막만이 감돌고

산꼭대기 위엔

기척 하나 없네

숲속 새들도 침묵

어즈버 벗이여

그대 쉴 곳 찾으리

—「12월 그 후」 부분

하지만 저 왁자지껄할 듯한 이야기는 실은 "말 없는

이야기"이다. 적막. 침묵. 지금 시인은 괴테처럼 고요에 잠겨 "창으로 스미는 빛"에 "눈을 감고 조는 듯 환희에 빠져/아무런 생각 없이 그저 빛의 스밈만을/음미"하고 있을 뿐이다. 참 깨끗한 노이즈. 어느 옛 시인은 "소리 없는 아우성"이라는 말을 남기기도 했지만, 이것이야말로 소리 없는 빛의 노이즈. 우리는 첫 시 「눈—49재」에서 돌아가신 아버지의 눈가에 번졌던 미소가 이제 시인의 눈가에도 번진 것을, 마침내 그 미소가 개인의 얼굴을 넘어 시집 안팎에 모두 번져 있는 것을 본다.

그리고……

빛의 말소리 뒤에 덧붙인 짧은 에필로그.

> 당신은 떠났고
> 시간은 텅 비어
> 흘러가네
> 처음처럼
>
> —「넘는 시」 전문

「빛—49재」까지 읽고서 혹은 듣고서 만나는 당신은 더 이상 단수가 아니다. 당신은 떠났고 당신도 떠났고 당신마저 떠났다. 떠나가신 무수한 당신들. 시간 여행을 끝내고 돌아온 시인의 시간은 충만하기는커녕 텅 비어 있다. 혹은 텅 빔으로 충만해 있다. 방금 마지막 트랙을 마친 음반 주위로 한껏 부풀어오르는 아직은 내용물 없는 거대한 말풍선처럼.

그런데 시인은 앞의 「여는 시」와 대구를 이루는 「닫는 시」라는 말을 사용하지 않았다. 당연하지 않은가. 닫다니? 그것은 닫아도 닫히지 않는다. 그것이 무엇이든. 우리는 닫아도 닫아도 열리는 그것을 다시 넘어갈 수밖에 없다. "처음처럼" 흘러갈 수밖에 없다. "어디까지 가는 걸까. 간단하다. 끝을 만날 때까지 가는 것이다. 어디가 끝인가. 넘어가면 끝이다"(『모듈』, p. 223).

그렇게 다 끝날 때까지, 불가피하게 점점 더 부풀어오를 빛 덩어리의 속삭임에 귀 기울이며, 시인은 오늘도 하루를 넘어간다. 당신도 넘어가고, 나도 넘어간다. 아리랑 아리랑 아라리요, 아리랑 고개로 넘어간다. 우리 모두 이름을 벗고 저 빛에, 믿기지 않겠지만 곧, 합류할 때까지. 빛이 되어 저들과 함께 재잘대며 지상의 누군가에게, 다시 말없이도 들릴 때까지. ▨